기획의 말

그리운 마음일 때 'I Miss You'라고 하는 것은 '내게서 당신이 빠져 있기(miss) 때문에 나는 충분한 존재가 될 수 없다'는 뜻이라는 게 소설가 쓰시마 유코의 아름다운 해석이다. 현재의 세계에는 틀림없이 결여가 있어서 우리는 언제나 무언가를 그리워한다. 한때 우리를 벅차게 했으나 이제는 읽을 수 없게 된 옛날의 시집을 되살리는 작업 또한 그 그리움의 일이다. 어떤 시집이 빠져 있는 한, 우리의 시는 충분해질 수 없다.

더 나아가 옛 시집을 복간하는 일은 한국 시문학사의 역동성이 드러나는 장을 여는 일이 될 수도 있다. 하나의 새로운 예술작품이 창조될 때 일어나는 일은 과거에 있었던 모든 예술작품에도 동시에 일어난다는 것이 시인 엘리엇의 오래된 말이다. 과거가 이룩해놓은 질서는 현재의 성취에 영향받아 다시 배치된다는 것이다. 우리는 현재의 빛에 의지해 어떤 과거를 선택할 것인가. 그렇게 시사(詩史)는 되돌아보며 전진한다.

이 일들을 문학동네는 이미 한 적이 있다. 1996년 11월 황동규, 마종기, 강은교의 청년기 시집들을 복간하며 '포에지 2000' 시리즈가 시작됐다. "생이 덧없고 힘겨울 때 이따금 가슴으로 암송했던 시들, 이미 절판되어 오래된 명성으로만 만날 수 있었던 시들, 동시대를 대표하는 시인들의 젊은 날의 아름다운 연가(戀歌)가 여기 되살아납니다." 당시로서는 드물고 귀했던 그 일을 우리는 이제 다시 시작해보려 한다.

기획의 말

그리운 마음일 때 'I Miss You'라고 하는 것은 '내게서 당신이 빠져 있기(miss) 때문에 나는 충분한 존재가 될 수 없다'는 뜻이라는 게 소설가 쓰시마 유코의 아름다운 해석이다. 현재의 세계에는 틀림없이 결여가 있어서 우리는 언제나 무언가를 그리워한다. 한때 우리를 벅차게 했으나 이제는 읽을 수 없게 된 옛날의 시집을 되살리는 작업 또한 그 그리움의 일이다. 어떤 시집이 빠져 있는 한, 우리의 시는 충분해질 수 없다.

더 나아가 옛 시집을 복간하는 일은 한국 시문학사의 역동성이 드러나는 장을 여는 일이 될 수도 있다. 하나의 새로운 예술작품이 창조될 때 일어나는 일은 과거에 있었던 모든 예술작품에도 동시에 일어난다는 것이 시인 엘리엇의 오래된 말이다. 과거가 이룩해놓은 질서는 현재의 성취에 영향받아 다시 배치된다는 것이다. 우리는 현재의 빛에 의지해 어떤 과거를 선택할 것인가. 그렇게 시사(詩史)는 되돌아보며 전진한다.

이 일들을 문학동네는 이미 한 적이 있다. 1996년 11월 황동규, 마종기, 강은교의 첫번째 시집들을 복간하며 '포에지 2000' 시리즈가 시작됐다. "생이 덧없고 헐거울 때 이따금 가슴으로 암송했던 시들, 이미 절판되어 오래된 명성으로만 만날 수 있었던 시들, 동시대를 대표하는 시인들의 젊은 날의 아름다운 연가(戀歌)가 여기 되살아납니다." 당시로서는 드물고 귀했던 그 일을 우리는 이제 다시 시작해보려 한다.

새로운 오독이 거리를 메웠다

문학동네포에지 003

이수명 시집

새로운
오독이
거리를
메웠다

시인의 말

어머니에게,

그리고 내게로 와서
넘어진 후
걸어나가지 못한 모든 날들에
바칩니다.

1995년 9월
이수명

개정판 시인의 말

이십오 년이 지나 첫 시집을 새로 엮습니다.
시들의 순서가 바뀌었고

어떤 시는 그대로
어떤 시는 다소 수정되었습니다.

아침마다 냉동식품을 해동하고
규칙적인 호흡을 하고 있습니다.

2020년 10월
이수명

차례

제2부

제3부

제1부

슬픔

위로받고 싶은 사람이 생길 때 비로소 슬픔은 완성된다.

한 고통에 묶여 다른 고통으로부터 자유로워진다.

천장이 낮아진다

천장이 낮아진다. 깨어나면 바로 낮은 천장이 보인다. 잠이 들 때 사라진 것이 돌아와 있다. 혼자서 여행을 하고 있을 뿐인데 어디에서 눈을 뜨든 이렇게 천장이 있다는 것에 놀란다. 어떻게 가는 곳마다 천장을 가지게 된 걸까. 어떤 때는 천장 너머에서 알 수 없는 소리들이 들려온다. 귀를 기울이기도 하지만 무엇일까, 더 생각하지는 않는다. 일어나고 나면 다시 천장을 잊을 테니까.

내게 남은 하늘

가을하늘을 보며 서 있다.
비가 올 것 같다.
비가 폭넓게 내릴 것 같다.
내겐 돌아갈 곳이 없다.
하늘에는 아무 표시가 없어서
안부를 물을 사람이 없어서

점차 구름이 많아지는 것을 보며 그냥 서 있다.
낮게 떠 있는 구름
구름 속에 누가 있는 것 같다.
아직 내가 있는 것 같다.
아직 거기에 웅크리고 있는 것 같다.

아니 내 머릿속에 구름이 있는 것 같다.
구름의 명령으로
나는 가을에 낯선 메들리를 부른다.
메들리가 자꾸 끊어진다. 끊어져도 부른다. 가을하늘을 바라보며
낯선 사람들이 지나간다.

전화

전화가 걸려온다.
모르는 사람한테 걸려온 전화다.
전화를 끊는다.
목소리가 또렷했는데
무슨 말인지 모른다.

아무와도 말을 할 수 없다거나
아무도 만날 수 없다고 말을 했어야 하지 않을까.
회복되지 않는다고 말했어야 하지 않을까.
직직대는 잡음이 계속 들렸지만
종이를 꺼내 쇼핑 목록이라도 읽었어야 하지 않을까.

잠깐이라도 대화를 나눈 것이 아니다.
전화기를 꽉 붙잡고
무슨 말을 하려다가
무슨 말을 하려 했는지 기억나지 않고
전화를 그냥 끊는다.

마을

마을에 들어서면 사라지고 싶다.
마을에서 방을 구하려다가
구하지도 않고
마을을 빠져나오고 싶다.
여기저기 집들이 붙어 있고
어떤 집에는 카드가 꽂혀 있고
기울어진 글자들
이전 안내 정상 영업중입니다
무언가 잘못된 일인 것처럼
다른 데로 가버린 종업원들은 보이지 않는다.
걸어다니는 일은 피곤하고
걸어다니며 이전한 집을 찾는 것은 피곤하고
영업중인 집을 찾아다니는 일은 너무나 피곤하고
골목과 모퉁이를 돌며
여기 같은데 아까 지나친 골목이 맞아 말하는 것은
쓸데없는 일이다.
하루 묵을 방을 구하는 것은 필요 없는 일이다.
조용히 마을을 지나가는
눈도 코도 아무런 윤곽도 없는 사람들
방을 구하고도 하룻밤을 묵고도
아직도 빙빙 돌고 있는 중일까.

파업

겨울이 가기 전에 너는 벼랑 위로 올라갔다.
등을 구부리고 너는 벼랑 위로 올라갔다.

너는 땅을 파내려가기로 되어 있다.
너의 장비는 땅을 파내려가기로 되어 있다.
얼마를 파내려가야 할지 모른다.
모르면서 계속 파내려가기로 되어 있다.

너는 아랑곳하지 않고 벼랑 위로 올라갔다.
너는 벼랑 위에서 이미 깨진 땅을 보고 있다.
깨진 땅이 다시 얼어붙는 것을 보고 있다.
새들이 허공에서 얼어붙는 것을 보고 있다.

너는 땅을 파내려가기로 되어 있다.
겨울이 가기 전에 도시는 철시했다.
겨울이 가기 전에 도시에 뿜어진 너의 입김은 악취가 되어 돌아왔다.
너는 자꾸만 벼랑 위로 올라갔다. 너의 입김을 피해서

땅을 파지는 않고
땅을 파려는 시도도 하지 않고
너는 아랑곳하지 않고

나를 따라 들어온 의자들

나를 따라 들어온 듯, 의자들이 어수선하게 놓여 있다. 새로운 실내를 결성하려는 듯 모여 있다. 여기 앉지 마시오 누군가 흰 종이에 휘갈긴 글씨, 그래 앉지 않을 것이다. 의자가 삐걱대는 소리를 좋아하지 않는다. 의자에 앉으라고 권하는 것을 좋아하지 않는다. 의자에 앉으면 우울해, 전에는 의자에 앉아 무언가를 기다리곤 했는데 일어나지 않은 일을 일어난 것처럼 떠올리곤 했는데 곧 떠올리는 일을 그만두었지. 무얼 떠올리다보면 의자에서 중심을 잃고 떨어지기도 한다. 다시 비틀거리며 의자에 앉으면 앉았다가 일어서면 어지러웠지. 의자에 앉아 죽은 채 발견된 사람도 있다. 그는 아주 늦게 발견된다. 죽은 그는 비로소 의자를 떠날 수 있다. 나를 따라 들어온 의자들, 의자들이 많아도 소용없는 일이다. 어느 의자에 앉든 무릎에 잡동사니들을 늘어놓고 나는 움직이지 못하게 되는 것이다.

새벽 세시

이기지 못하는 술을 마시고 이기지 못하는 싸움을 하고 이기지 못하는 위도에 매달려 있다
이기지 못하는 게임을 하고

이기지 못함은 얼마나 황홀하냐
얼마나 시간을 버는 것이냐

불결한 집들 몰려 있는 다리들 땅속을 흘러가는 하수구들의 무거운 집중이여, 난 이것들을 이기지 못하고

머리 위에서 움직이는 검은 구름들
어느 쪽으로 움직이는 중인지 알 수 없는
나타남과 사라짐을 반복해서 표현하는
구름층에 주목하시오

어떤 형상도 아닌 것을 늘어놓는 구름
세상으로부터 멀어지는
구름이라는 현상을 오늘도 이해하지 못하고
이기지 못하고

자체적으로 떨어지는 빗방울들
비에 젖어가는 공기를 마셔볼까 비를 마셔볼까
얼마나 적절한 일인가, 오늘은 내가 비틀거리는 사람
나는 잠시 평화롭습니다

모든 것을 놓치고
공기 중에 익사한 듯 떠가고 있다

강

텅 비어버린 강이다.

아무도 살지 않는 강
윤곽이 사라지는 경험을 한다. 여기에 서면
시간이 멈춰버린 것 같다.
어제와 오늘이 다를 바가 없다.
떠내려간 날들과 곧 떠내려갈 날들이

확실하지 않다.
이런 강, 이런 햇살, 이런 불안을
내가 쫓아온 것인가
제정신이 아니다.

더 나아갈 수 없는 곳까지 왔다고
그래서 아무데나 온 것이라고 느낀다.

그냥 구김 하나 없는 새들의 비상을 이해하고
오늘의 날씨를 이해하려고 노력한다.
오후에 구름을 벗어난다고 하지만 강이 더 넓어지지는 않을 것이다.

머릿속에 떠오르는 것들이 있어도 실행에 옮기지 않는 게 낫다고 느낀다.
가라앉은 시신이 용해되어버린

나뭇가지 하나 찾을 수 없는
고요한 강

비틀거리는 얼음 한 조각 홀로이
몸속을 떠다니는
봄날

뚫린 지붕

와보지 못한 거리다. 나는 걸어만 간다. 걸어가면서 비를 맞는 게 좋다. 비를 맞으며 지나가는 사람들을 보는 게 좋다. 머리가 젖은 사람들이 그 앞을 지나가는 건물은 근사하다. 건물이 금방 나를 막아서고 건물 안을 들여다본다. 아주 많은 의자들, 테이블들, 테이블 위의 긴 병과 납작한 술잔들, 엎질러지도록 한사코 술을 따르는 사람들, 시간이 늦었고 나는 들어갈까 망설인다. 들어가지 않는 게 좋다. 다시 건물을 끼고 지나가는 거리가 좋다. 나도 지나간다. 지나가던 사람들을 지나간다. 지나가면서 얼핏 두 알의 자전거 바퀴를 본다. 자전거 바퀴도 빙글빙글 돌며 근사하다. 조금만 더 가면 이 비가 서서히 그칠 것이다. 거리도 따라서 끝날 것이다. 사람들이 모두 빠져나갈 것이다. 아니 벌써 모든 것이 다 끝나버렸는지도 모른다. 나는 걸어만 간다.

밤길

늦은 밤이었다. 늘 가던 곳으로 갔다. 어둠 속으로 묵묵히 어둠이 펴져갔다. 나무 하나 없었다. 불빛 하나 없었다. 이러다 엉뚱한 곳으로 가버릴지 모른다고 생각했다. 어디선가 고함치는 소리가 들려왔다. 와달라는 것 같기도 하고 가버리라는 것 같기도 했다. 무슨 말인지 알아들을 수 없었다. 어둠 속에서는 무엇을 살필 수도 없었다.

어둠 한가운데 있다는 생각이 들었다. 어둠을 누가 똑같이 꾸며낸 것이 분명했다. 밤길에 달라붙어 있는 사람들이 밤길을 조심하라고 했다. 나는 위험에 빠진 것인가, 그래도 나는 사람들에게 어둠을 보러 가자고 말했다. 어젯밤이 아니고 오늘밤을 보러 가자고 했다. 지금도 너무 늦었지만 누가 꾸며낸 어둠이 있어서 나는 좋다고 했다.

봄

기다리는 것은 어리석은 일이다.
기다림의 길은 너무 좁아서 기다리는 것이 들어서지 못하고
결국 기다리는 것이 무엇인지 알지 못하게 된다.
알지 못하고 기다린다.
지난 한 해 나는 이 공원을 따라 어딘가로 조금 이동했는데
어디로인지는 모르지만
겁없이 높은 봄날의 빛 속에서
내가 조금 축소된 것을 본다.
나는 올 한 해 다시 이동을 시작하고
무수한 푯말과 벽돌과 개 짖는 소리를 지나가고
주머니 속에서 꼬물거리는 손가락들을 펴보려 하다가
손가락이 다 망가진 것을 알아차리게 된다.

기다리는 것은 어리석은 일이다.
겁없이 높은 봄날의 빛 속에서
나는 기다리는 것이 조금 축소된 것을 본다.
처음부터 존재하지 않았던 것을 본다.
존재하지 않는 것을 기다린다.
아침부터 한나절을 구석에 박혀 있는 이 작은 돌 위에서 서성이고
이 돌이 언제부터 여기 있는지
언제부터 여기 틀어박히게 되었는지 모른다.

지금은 그런 자유로운 시간이며
자유를 확신하는 시간, 그러나 돌에서 내려와
나는 결국 기다리는 것이 무엇인지 알지 못하게 된다.
공원 밖으로는 멀리 글라이더가 날아가고

나는 너무 오래 살았다

방안을 끄면
안의 불을 꺼버리면 밖이 더 잘 보인다.
밖에 있는 일행들, 어딘가를 향해 움직이는 그림자들에게 나는 때때로
들리지도 않는 알은체를 한다.

고통은 비로소 아무데도 가지 않는다.
비로소 아름답다.
나를 기다리고 맞이하고
고통과 나 사이에는 아무것도
끼어들지 못한다.

하나의 불을 켠 채
나는 너무 오래 살았다.
불과 그 불빛처럼
말이 통하지 않아서
나는 아주 오래 살았다.

현실로 돌아왔다고 생각하는 순간
불완전한 몇 개의 창이 다시 나타나는 것은
그처럼 오래 살았기 때문이지.

안을 끄면
안의 불을 꺼버리면 밖이 물러난다.

어둠에 휩싸여 나는 형체를 잃고
균형을 잃고 서 있는 구석의 베고니아에게 고개를 끄덕인다.
아무 위안도 없이 아무것도 놓여 있지 않은
나의 앞을 바라본다.

늦은 아침

이 동리에 와서 많이 늙었습니다.

무료해져서 당신이 돌아가고 난 후 기차가 창문을 흔들고 지나는 것을 보았습니다. 마음에는 아무 말도 남지 않았습니다. 긴 창문에서 창문을 따라가며 기차가 나타났다가 사라지는 것을 바라보기만 했습니다.

이런저런 생각을 하지 않았습니다. 생각을 하면 몸이 굳어지고 쉽게 안정이 깨지고 말아 생각을 옆으로 밀어냈습니다. 집안의 벽지에서 벽지로 희미한 선들이 이어져 있었습니다.

식탁에 떨어져 있는 책들을 책장에 꽂았습니다. 펼쳐져 있는 페이지들을 접고 접은 페이지들이 보이지 않게 꽂았습니다. 책들은 서로 구별되지 않았습니다. 꽂혀 있는 동안 책들은 책의 행렬에 속해 있었습니다.

나는 누구와 사귀는 것을 원하지 않았습니다. 친구를 사귀는 것을 원하지 않았습니다. 당신이 친구가 되는 것을 원하지 않았습니다. 나는 당신을 잃는 것도 친구를 잃는 것도 원하지 않았습니다. 나는 아무것도 원하지 않았습니다.

날이 맑았다가 흐려지고 비가 오다가 눈이 왔습니다.

나는 벽지의 선들이 희미하게 교차하는 것을 계속 따라가기만 했습니다. 창가에서 식탁으로 방에서 현관으로 한 자리를 떠났다가 다른 자리로 돌아왔습니다. 어떤 자리에서는 마음이 어지러웠고 어떤 자리에서는 곧 편안해졌습니다.

무료해져서 당신이 돌아가고 난 후 이런 날이면 혼자 접시를 들고 나는 늦은 아침을 시작하곤 했습니다. 바닥에 떨어진 물방울들을 닦고, 블라인드를 끝까지 올리고, 창문이 흔들리는 소리를 듣고, 시간을 아주 길게 펴서 시간 속에 오래 쉬었습니다. 이 동리에 와서 많이 늙었습니다.

봄이 가는 비

바닥이 보이는 잔을 두고 왜 그리 조급해했는지
바닥에서 건질 것이 없음을 확인하고도 왜 잔을 밀어내지 못했는지
그동안 무엇을 보았는지 새삼스러워지고도 왜 묻지 못했는지

널 따라나섰던 길에서 얼마나 일찌감치 널 잃어버렸는지

분명한 봄날
분명한 창문 밑에 앉으면
분명하게 흔들리는 나뭇잎들

봄이 가는 비를 천천히 나열해본다.
검은 우산에서 검은 우산으로
휘어지며 내리는 비
검은 우산을 쓴 사람들이 자꾸 나타나서
모퉁이에서 작별인사를 나눈다.

이 비를 그쳐야겠다. 어떤 동의를 표하듯
숨을 죽이고
저기 뿌옇게 멈춰버린 도로 위로

증발하는 비

비의 시체 같은 것
비의 시체 같은 것

널 따라나섰던 길에서 얼마나 일찌감치 널 잃어버렸는지

봄이 가는 비를 천천히 나열해본다.
한곳에서는 아직도 얼어붙은 채 내리는 비

세밑

십 년이 이상하지 않다. 십 년을 참아왔는데 이상할 것은 없다. 이상하지도 기쁘지도 괴롭지도 않다. 괴로운 사람들 속에서 아주 괴로운 것 같았는데 괴롭지 않은 사람들 속에서도 괴로운 것 같았는데 괴로운 것과 다시 상관이 없어진다. 나를 괴롭히는 것들을 끝내지 못했는데 괴로움을 끝내지 못했는데 괴롭지 않다. 숨을 곳 없는 쥐떼는 모두 어디로 쳐들어갔나.

슬프지 않다. 십 년이 지나고 이십 년이 지나고 슬프지 않다. 중요한 사람들은 슬프다고 말하고 중요한 것은 슬픈 것이라 말하는데 슬픔을 나누는 것이라 하는데 나는 슬프지 않다. 나는 중요하지 않다. 중요한 것은 중요하지 않은 것과 다를 바 없다. 슬퍼하는 사람들이 내게 슬픔을 떨어뜨리고 확실하지는 않지만 떨어뜨린 것을 또 떨어뜨리고 그러면 나는 그것을 들고 끝이 난다. 나는 슬픔을 끝내지 못했는데 나는 슬픔이 끝난다. 슬프지 않다. 견디지 못한 쥐떼는 모두 어디로 쳐들어갔나. 쳐들어가서 모두 어디에 둥지를 틀었나.

화물차

빈 화물차가 지나간다. 나는 가방 속을 뒤지고 있었다. 쏟아지는 책갈피 사이를 정신없이 뒤지고 있었다. 인쇄되어 있는 나의 이단은 나의 오독에 불과했다. 모든 주름은 펴기 전에 펴진다. 내 가방 속엔 아무것도 남아 있지 않았다. 빈 화물차가 거리를 메웠다. 나는 길어진 팔을 뻗어 부조리한 인쇄물들을 뒤졌다. 이제 어떡하지, 종일 바람만 부는 날들 바람에 날려 안 보이는 날들, 그 날들을 뒤적이는 손가락은 없었다. 똑바로 바라보는 눈은 없었다. 나는 벌써 시선을 돌리고 있었다. 나에겐 새로운 이단이 남아 있지 않았다. 빈 화물차가 지나갔다. 내 앞을 서서히 지나가고 있었다. 새로운 오독이 거리를 메웠다.

한 예감 속으로

돌아올 때면
이만큼 물러서버린 내 집을 발견한다.
보이지 않는 한 예감 속으로 점점 들어가는
빠져나올 수 있을까
한사코 방향을 틀어버린
아름답게 뒤집힌 은사시나무 잎들 속에서

나는 바라본다.
그중 가장 커다란 잎사귀 하나가
마치 옳은 일이라는 듯 상관없다는 듯 쓰러지고 마는
것을
읽을 수 없는 광기로 던져지는 것을

나는 모른다.
나의 집이 어떻게 여기 다시 나타나는 것인지
그래서 내가 일상을 멈추는 사람이 되어
쓸쓸히 자연을 덮친 이 나뭇잎을 들여다보는 것인지
알지 못한다.

돌아올 때면 빙빙 돌며
귓가를 스쳤다 사라지는 바람소리에도
마음을 가라앉히지 못하고

일시에 굴러떨어질 것 같은

우발적으로 서 있는 내 집으로 들어가버리고 만다.
익숙하게 종적을 감춘다.

제2부

우리는 이제 충분히

우리는 이제 충분히 아름다워졌소. 층층마다 빛나는 램프를 걸어놓은 빌딩들처럼 우리는 더이상 앞으로 나아갈 필요가 없소. 장물은 늘 넘칠 만큼 있소. 발뒤꿈치를 모으고 아무도 알아듣지 못하는 주문을 한번 외우고 나서 우리가 납치한 것을 믿으면 되는 일이라오. 우리의 견인 넘버는 자꾸만 길어지겠지만 그동안 그랬던 것처럼 견딜 수 없는 불편이란 없소. 그뿐이오.

우리는 이제 너무 아름다워져 다른 것을 알아볼 수 없소. 한 치 앞도 여기에 덧붙일 수 없소. 층층이 올라가는 빌딩들처럼 우리는 걸어놓은 모든 램프를 한꺼번에 꺼도 좋소. 우리는 우리 발에 걸려도 넘어지지 않소.

생의 다른 가지

당신이 손짓하는 것이 보였어요. 당신은 서산 너머로 흘러갔을 뿐인데, 나는 아직도 산책을 하고 있었는데, 지상의 그늘들이 포개지는 저녁이 와도 내 산책은 저물지 못했는데, 나는 계속 안개에 싸여 있었어요. 안개 속에서 몸을 움직였어요. 내가 어디에 다시 떠오를지 알 수 없었어요. 해가 지면 비슷한 가지들을 만들고 비슷한 가지들 위에 똑같은 새들이 앉아 있었어요. 똑같은 새들이 똑같이 날아갔어요. 이제 이 가느다란 가지들로 나는 두꺼운 나무를 만들지 못해요. 나무의 휴식을 만들지 못해요. 다만 그대로, 처음인 듯 그대로, 내 산책은 넓어지기만 할 뿐이었어요. 내 생의 이렇게 많은 다른 가지를 만들었던 거예요. 당신이 손짓하는 것이 보였어요.

너의 노래

밤마다 너의 노래를 품고 잠든다. 너의 노래는 인적이 끊긴 곳으로 나를 데려간다. 벌판 한가운데로. 나는 신발이 벗겨지고 나는 날마다 같은 지점에서 길을 잃는다. 기타줄이 모두 끊어졌다. 너의 긴 손가락들도 끊어져 눈처럼 녹아 흘러갔다.

너의 노래는 고아가 되어간다. 밤마다 너의 노래는 노래가 되지 못한다. 나는 주섬주섬 일어나 너의 노래를 벽에 건다. 밤마다 나는 치유된다. 밤마다 너의 노래는 벽에서 걸어나와 한줌의 재가 된다. 밤마다 내가 품고 잠든 것이 마치 비수가 아니라는 듯이

슬퍼하지 말아라

슬퍼하지 말아라, 저쪽에서 보면 이 길도 우회로이다. 거미처럼 한 번에 툭 떨어져 빙빙 돌아도 슬퍼하지 말아라. 우리는 잠시 보편적 추락에 대해 말할 수 있다. 떨어져내린 곳에 대해 말할 수 있다. 슬픔의 안내자처럼

슬퍼하지 말아라, 저쪽에서도 여기를 볼 수가 없다. 여기서도 여기를 잘 알 수 없다. 휘파람을 불며 여기를 떠나려는데 좁은 오솔길도 벗어나지 못해 허둥거린다고 슬퍼하지 말아라. 우리가 들고 있는 선물꾸러미는 우리를 위한 것이다.

슬퍼하지 말아라, 가볍게 인사를 나누고 우리는 잠시 슬픈 표정을 짓는 것이다. 기우뚱하며 이미 화살은 속도가 떨어지고 있다. 장난으로 쏜 화살이 아무도 찾을 수 없는 곳으로 와버렸다고, 오늘밤은 화살 옆에서 잠들어야 한다고 슬퍼하지 말아라.

생활

1

생활이 책갈피처럼 쌓이는 것을 두려워한다. 쌓이는 것은 생활이 아니기에. 먼지를 털어내고 먼지가 날아가는 것을 바라본다. 움직이지도 않고 날고 있는 먼지를 본다. 기분이 좀처럼 가라앉지 않는다. 먼지가 가라앉기를 기다린다. 다시 여기저기에 붙기를 기다린다.

2

추억이 평등해지는 것을 두려워한다. 평등해지는 것은 추억이 아니기에. 손을 펴보면 아직도 처음인 듯 꾸물거리는 조약돌 같은 것이 있다. 무덥고 내내 습한 날들, 하얗고 미지근한 조약돌을 손바닥에서 빙글빙글 돌린다. 죽을 때까지 시간의 공격을 피한다.

3

피하지 않은 것이 없다. 감정을 소홀히 함으로써 매일의 생활이 좋아질 것이다. 허공 속에 숨죽인 나무들도 비로소 안정을 되찾는다. 건너편으로 물러서서 이쪽 통로를 터놓은 나무들이여, 너희들은 언제나 대수롭지 않은 잎들을 변함없이 매달려고 한다.

아스팔트

하루는 먼지가 보이고 다른 하루는 보이지 않는다. 아침에 이루어진 약속은 도시가 기울었기 때문이다. 태양이 와도 기울어 있고 아스팔트는 차갑기 때문이다. 아스팔트 위로는 빈 차들만 지나간다.

높은 구두를 신고 나는 너에게 간다. 구두가 아스팔트에 붙었다 떨어졌다 할 때마다 무슨 잘못을 저지르는 것 같다. 약속을 지키려고 나는 걸어간다. 모두들 다른 곳에 있고 너도 다른 곳에 있어 나도 그 다른 곳으로 가야 한다. 약속이란 그런 것이다. 편치 않은 곳으로 가는 일이다. 낯선 공기를 들이마신다. 이대로 선불리 약속을 깨도 괜찮을 것이다. 나는 아스팔트 위를 홀로 걸어간다.

문을 열고

컵이 떨어진다.

나는 문을 열고 햇빛의 손을 끌었다.

안팎의 온도가 같아진 날이었다.

비늘을 달고 헤엄치는 물고기들
비늘을 달고 움직이지 못하는 눈동자들

햇살을 받고
서로의 머리나 꼬리 위에서
몸을 돌리는 물고기들

몸을 돌릴 때마다 몸은 거짓말 같았다. 몸이라는 의견을 가지는 것이 슬펐다.

벽을 타고 오르는
의견의 이파리들이 깔깔대며 웃었다.

마음이 사라지고
몸은 물끄러미 서 있었다.

몸 뒤에 무엇이 있는지 알지 못했다.

십 년 후

아침이 와도 두통은 가라앉지 않았다.
머리맡에서 희미하게 알전구는 나를 기다리고 있었다.
빛을 태우는 필라멘트는 얼마나 짧은 것인지
끊어질 것 같은 이 필라멘트가 나를 깨운 것인지

무얼 하려고 그토록 애쓴 것일까
무얼 해도 그토록 쉽게 수포로 돌아가는 것일까
계획은 이미 멎어 있고
누가 계획을 얘기해도 다시 듣지 않을 것이다.
머리맡에 어지럽게 뒤집어놓은 종이에는
뒤집어버린 사실들이 있나

싸움을 펼치고 펼치고 펼쳐만 놓고
싸움을 그만두고
싸우는 것처럼 보이는 밤을 가진 것일 뿐
아무도 밤을 들춰보지는 않는 것이다.

깨어진 화병

도시의 매연은 무겁다. 도시가 내다보이는 실내는 부주의하다. 키 큰 화병이 떨어져내린다. 조각들이 흩어진다. 조각들을 주워담는다. 좀더 큰 화병에로 쓸어넣는다. 어떤 조각은 보이지도 않을 만큼 작다. 쓸어도 담아도 계속 나온다. 조각들이 공기 중에 떠 있다.

나는 이런 것들이 귀찮다. 조각들을 좇아다니는 것이 보이지도 않는 것들을 좇아다니고 아무리 보아도 없는데 어디선가 반짝이는 것이 그러다가 발을 찌르고 그러다가 피를 내고 쓰레기통으로 들어가는 것이 도무지 귀찮기만 하다. 오늘 화병이 통째로 조각난 것이 화병 따위에는 아무것도 꽂혀 있지 않은 것이 나는 귀찮고 싱겁다. 열리지 않는 뚜껑들이 있고 열려 있는 뚜껑들이 있고 뚜껑들은 더럽다. 화병은 내 뒤에서 아무 계기도 없이 떨어진다. 단번에 자신을 잃는다. 요란한 소리를 내며

너의 집을 쳐들어라

까치집 하나
허공에
들려 있다.

날개 터는 소리 한번 깃들이지 않은

아무런 행군도 없이
여름을 보내는 곳

누가 부르는 거지
여행은 끝나고 여행은 시대에 뒤떨어지고
햇빛은 이미 바닥으로 떨어졌는데

허공을 새떼처럼 교란시키며
떠돌아다니는 꽃잎들
시드는 풀들

꽃잎들이 지나는 길에서는
꽃잎들에 대한 이야기를 하는 데 실패한다.

부러진 가지들이 바닥에 이렇게 있고
부러진 가지를 더는 부러뜨리지 못할 것이다.
무엇이든 무엇을 지니고 있든 그것을 내동댕이치고

이제 꺼져도 좋을 것이다.
집을 거기 높은 데 그대로 두어도 괜찮은 듯이

토요일 오후

살아간다는 것은 어느 날 문득 찾아오는 토요일 오후처럼 하릴없어지는 것이다. 꽃다발을 든 신부여, 가던 차에서 내려 욕설을 퍼붓고 어찌된 일인지 그대는 처음 보는 사람의 멱살을 잡고 만다. 골목마다 엉키는 차들, 불규칙한 엔진의 소리, 터무니없는 진동 사이에 그냥 멈추게 된다. 추방당한 사람처럼 그대는 서둘러 빠져나가야 하는데, 하지만 어떻게? 모든 차들이 한꺼번에 움직이는 것은 이상한 일이야. 모든 도로가 한 번에 뚫리는 것은 있을 수 없는 일이야. 차문을 내리고 소리지르는 사람들 속에서 그대는 우스워지고 만다. 하품 끝에 휴일이 뭉개진다.

살아간다는 것은 흙먼지 이는 토요일 오후처럼 생각을 모으지 못하는 일, 까맣게 잊어버린 풍토에서 그대는 같은 창문 너머 같은 차들을 바라본다. 눈을 떴다가 감고 다시 떠보아도 골목에 그대로 서 있는 오후, 꽃다발을 다 풀어버린 신부여

너럭바위

모를 일이다. 어제의 지금, 그제의 어제, 내일의 그제들이 모여 살고 있다. 날들은 모이는 버릇이 있다. 무관심하게 모여드는 약속이 있다. 모여 아무것도 만들지 않는 벌을 받는다. 만들어진 것도 뒷걸음질친다. 너와 나의 손과 발에 난 상처, 귀에 난 구멍, 구멍난 목소리, 어제로 그제로 돌아가지 않고 훌끔거리던 문

모를 일이다. 마비된 그 문을 왜 열려 했는지, 불리한 형상을 하고 왜 밖으로 나가려 했는지, 그토록 밖의 공기를 마시려 했는지, 그것은 확실하지 않다. 바로 눈앞에서 어떻게 그 많은 날이 단 하루로 보이게 되는지, 결국 그 날에 둔감해지는지

너럭바위에 모여 있는 사람들을 보았다. 남자들 여자들 남자와 여자들 악보를 펼치고 노래하는 사람들을 보았다. 노래로 오염된 그들의 부은 입술들을 보았다. 입술은 일그러지며 허공을 초조하게 지우려는 것처럼 보였다.

마주잡은 손이

마주잡은 손이 서로의 맥박을 찾을 때
세상은 승리가 가까워진 거지.
아주 가까이서 엿보고 있는 거지.
무엇을 엿보는지는 몰라
이 멍이 어디서 들었는지 몰라
우리는 무엇이 되든 내버려두기로 한다. 손바닥 위의 손바닥으로
아무것도 가리지 않는다.

마주잡은 손이 손을 열지는 않고
가볍게 쥐고 흔들기만 할 때
우리는 도망가고 없었지.
어디로 갔는지 몰라
어디로 가서 창을 두드리고 있는지 몰라
세상은 오늘 좀 조용하다. 누구의 산만한 계획인지
아무런 동요도 없는 모자와 지팡이들이 고무줄들이
바닥에 가득 늘어놓여 있다.

길 건너 유리창

거기서 꼼짝 못하는 너는 즐거워
혼잡한 시내와 마주쳤지만
하루종일 졸고 있는 것이 즐거워
햇살이 차가워지길 기다리며 너는 무엇 앞에도
나서지 않으려는 것 같다.
빛도 네 앞에 놓인 아무것도 껴안지 않는구나

나는 너를 마주하고 보이지 않는 숨을 쉬고 이제 난 마지막이다.
너처럼 여기 한구석에 갇혀 있는 것이 즐거워
아무 말도 없이 누구에게도
공중으로 사라지는 말을 붙이지 않는 것이 즐거워
나는 이제 손가락 하나도 꺼내지 않는다. 손가락들은 주머니 속에 가지런히 놓여 있다.
그냥 썩어가게 내버려둔다.

소도시

피로에 대해서 오늘은 한마디도 하지 않는 게 좋을 것 같다. 기진맥진하여 지붕에 매달린 빗방울들, 페인트칠이 며칠 안 가 또 벗겨졌다. 낡은 건물 속에 힘이 풀리듯이 길게 늘어져 있는 빨랫줄

집안 전체로 퍼지는 어둠 속에서 불도 켜지 않고 앉아 있었다. 말할 필요도 없는 것을 열심히 말하느라 지쳐버렸지. 소리 없이 수잔 베가가 헛돌았다. 짧은 바늘은 톡톡 튀어오르며 계속 판을 긁어댔고 판을 뒤집으려 일어났다가 까닭없이 얼굴을 씻었다. 이번 일만 끝나면 다 끝나면

길 가운데로 이 종이 뭉치들을 던져버릴 거야, 모조리 날려버릴 거야, 얼굴을 씻고 나면 얼굴이 더 굳어진 것 같았다. 불을 켜지 않고 있으니 모든 것이 허사로 돌아간 심정이었다. 죽은 물고기를 어둠 속에서 들춰보았다. 그들의 열린 입은 어떤 단어 위에도 머물러 있지 않았다. 어떤 물에도 잠겨 있지 않았다.

전화가 와도 받지 않았다. 열이 났다가 좋아졌다가 밤중에는 다시 열이 올랐다. 천장을 보고 누웠다가 다시 일어나 앉았다. 오늘 하루도 곤죽이 되도록 습하고 더운 날이었다. 창밖으로 일그러진 차가 한 대 지나가고 있었다. 무슨 차인지 잘 보이지 않았고 그것은 차량들 속으로

빠르게 사라져갔다.

창

나는 떠난다. 떠날 때마다 잠시, 창에 비치는 내 의상에 놀란다. 나는 누구보다도 나를 알아보지 못한다. 열 살, 스무 살에 그랬고 서른 살에도 다른 삶이 기다리고 있었다. 언제나 나를 떠나게 하는 삶이 기다리고 있었다. 세상을 내려다보는 이 커다란 창 앞에서 나는 늘 같은 모습으로 떠날 준비를 한다. 지금은 아주 느리게, 내 잘못을 시인하듯 돌아선다. 창을 열지 못하고, 움직이는 소음을 듣지 못하고 떠나간다.

나를 돌아오게 하는 힘은 나를 떠나게 했던 힘과 같은 것임을 나는 알지 못한다. 미치지 않기 위하여 도시의 밤이 쓰레기를 남기고, 미치지 않기 위하여 불안한 취객이 만들어지고, 미치기 직전에 막차가 굴러오는 것을 삶의 이치로 받아들이기는 얼마나 쉬운가. 나는 언제나 미어터지는 막차 안에서 돌아오는 힘만을 소유한다. 번잡한 목록을 처분하고, 번잡한 목록으로 처분되고, 돌아오는 것은 비밀을 지키지 못했기 때문이다.

나는 떠난다. 모험은 미숙한 자의 것이다. 용기는 가난한 자의 것이다. 나는 막 돌아왔고 성큼 떠나려 한다. 나를 돌아오게 하는 힘도 떠나게 하는 힘도 애초에 아무것도 없었음을 이해하기란 얼마나 쉬운가. 나는 반복의 미덕을, 반복의 힘만을 소유하길 바라는 것이다. 내가 돌아올 때마다 앞서 달려와 가지런히 누워 있던 창틀의 반복처럼. 그 위에서 창은 열리지 않고 세계는 고요하다.

그 배는 조난신호를 보내오지 않았다

그 배는 조난신호를 보내오지 않았다.
무슨 일이 일어나고 있는지 아무도 몰랐다.
해의 길이가 짧아졌다 길어졌다 하고
어깨 너머로 다른 어깨들이 또다른 어깨들을 지웠을 뿐이다.

그 배는 조난신호를 보내오지 않았다.
그리고 이것이 최후의 조난신호였다.
아무도 그 섬에 가고 싶지 않았다.

몇 해가 지나고

몇 해가 지나고
형체를 구분할 수 없는 시체가 떠올라
내 잠시 그를 들여다보고 있으니
나보다 그가 먼저 나를 잊었더라
내 홑눈은 나날이 모아지기만 하여
가라앉은 것은 떠올리고
떠가는 것은 이미 보지 못하더라
내가 승선한 이 한세상의 세월이
떠도는 풍문처럼 한없이 보태지기만 하여
내 떠가는 것을 이미 보지 못하더라

제3부

탈출기

컵에 담긴 꽃들은 죽어 있거나 죽어가고 있다. 여기서 뭐하고 있는 거지…… 누군가 묻고 있다. 제 향기가 썩은 줄 모르고 탁자 위의 꽃들은 느릿느릿 꽃잎들을 다시 뭉치고 있다. 여기서 뭐하고 있는 거지?

계단

차마 타인의 이름을 부르지 못하고 너는 자꾸 똑같은 계단을 만들어낸다.

이 분별력, 이 완강함의 사선 대열은 늘어나는 치욕 때문에 망설임이 없다.

새삼 버릴 것들을 늘어놓고 잡동사니들을 계단 가득 늘어놓기만 하고

누군가 계단을 물청소할 때 너는 피해가기만 할 뿐이다.

이듬해의 이듬해

저기
얼어붙은 땅에 머리를 붙박고
자신도 모르는 것을
불안한 평형을 상상하는 포클레인들

아무 생각도 약속도 없이 건설을 하리라
다리를 건물을 건설하리라
막연한 것들
막연히 지상으로 솟아오르는 뾰족한 건물들을
일련번호를 붙여가며 높이 세우리라
아무 연습 없이 기법도 없이

시간을 미는 일만 남았다

시간을 미는 일만 남았다.
더 힘있게, 더 멀리
산봉우리들이 솟아오르게
안개에 덮여 실족했던 돌멩이 하나까지
뜻 없이 봉우리들로 솟아오르게

시간을 헛디디는 일만 남았다.
헛걸음질로 오가는 날만 남았다.
더 가쁘게, 더 가까이
지상의 무력한 버릇들 몇 벌로 남을 때까지
흔들리는 불빛 따라 사라져갈 기름 몇 방울로

새벽안개

했던 말을 또 하고 그런다. 아무것도 아니다. 이건 아무것도 아니다. 눈앞에서 나뭇가지가 부러진다. 부러진 나뭇가지로 글씨를 쓴다. 눈앞이 흐려진다. 통과하고 또 통과하는 나무들이 날 에워싼다. 앞도 없고 뒤도 없이 소나기가 쏟아져내린다. 했던 말을 철회한다. 새로운 행동은 가능하다. 행동을 찾으러 다닌다. 현실을 진정시키는 이 간단한 나무를 나는 사랑한다.

했던 말 그대로다. 아무것도 아니다. 세찬 빗속에 건물도 집도 보이지 않는다. 자연을 상상했는데 자연은 죽었다 살아나는 나무를 보여준다. 죽은 나무는 다시 벌판을 세운다. 다시 똑같은 잎들이 나타난다. 아무것도 아니다. 새로운 행동은 가능하다. 새로운 행동은 존재한다. 존재한다고 생각했던 것을 따라가면 소나기를 맞고 있는 푹 꺼진 벌판에 이를 뿐이다. 이 모든 것이 자연스럽게 끝까지 자연스럽게

구름

뜻이 잘 맞는 것처럼
소음은 서로 듣지 않는다.
소음은 불안하고
표현을 싫어하고 쉽게 지친다.
바람도 위로가 되고 생각도 위로가 되는
오늘은 흐린 날
사람들이 이야기를 나누며 걸어가는 것이 보인다.
아무 성과가 없는 날들을 계속해야 하고
흥미를 가질 수 없는 일을 따라가게 되고
구름은 머리 위로 퍼져온다.
누가 부르는 소리에 대답을 해야 하나
소음은 부름에 거의 근접한 것이다.
내 말은 나에게도 닿지 않는다.
그러므로 나는 아직 쓸모없이 존재하는 중이다.
존재에 열중하는 중이다.
구름을 보면 무슨 말을 해야 할지 모른다.
아직도 쉬는 시간이 연장되고 있기에
소음이 앞으로 나서는 것은 얼마나 고마운 일인가
여보세요 여보세요 여보세요
나는 소음 뒤에서 걸음을 옮기는 것이다.

당신의 뼈는 휘어져버렸다

당신의 뼈는 휘어져버렸다. 뼈를 많이 사용했다고
뼈가 흔들린다고
뼈가 잘 붙지 않는다고 했다.
뼈에 아무것도 쓰여 있지 않다고 이런 경우는
물론 아주 흔하다고 했다.
뼈를 건드리지는 말고
뼈를 종종 맞춰줘야 합니다.
당신은 천천히 딴사람이 되어갔다.
움푹 파인 당신의 두 눈이 뚫어지게 나를 바라보았다.
밝아졌다가 어두워졌다가 당신의 흐린 두개골을 비추었다.

날마다 더 멀리

세월을 이해하기 위하여 오늘은 화창하다. 세월을 받아들이기 위하여 오늘은 어제와 다르지 않게 된다. 아침의 공기가 같고 오후의 냄새가 같다. 내일이 오기 전에

거리를 한 바퀴 돈다. 가난한 행길에는 가난한 식물들이 잠들어 있다. 가라앉지 못하는 뿌연 먼지들이 한눈에 보인다.

우리는 천천히 한 바퀴 돈다. 우리가 벌써 갔던 곳을 날마다 같은 곳을 돈다. 우리는 아마 생각중이다. 생각과 연결되는 순간이다. 그때 거기서 내일 만나자고 다시 약속을 잡는다. 오늘의 작별인사를 한다.

조금씩 조금씩 날마다 더 멀리 우리는 이동한다. 우리는 매캐한 공기를, 화창하고 매캐한 공기를 번갈아 마셔댄다. 모든 공기는 사실같이 느껴진다. 우리는 실제로 호흡을 한다. 입을 열지 않고 심호흡을 한다.

세월에 스며들기 위하여 우리는 떠돌아다닌다. 한 바퀴 돌고 나면 오늘은 어제와 다르지 않다.

아침의 공기가 같고 오후의 냄새가 같다. 하나도 이상해 보이지 않는다. 우리는 생각중이다. 생각을 흔들어 생각과 연결되는 순간이다. 희망에 대해서 희망의 세월에

대해서 우리는 보잘것없는 약속을 지킨다. 생각은 조금도 해롭지 않다.

1990년대

계단에 서서 헤어지자고 말한다. 그렇게 말을 하면 잠깐 정적이 오고 정적이 참혹하다. 헤어지지 못할 것 같다. 아니다, 헤어지고 싶고 멀어지고 싶다.

말을 끊는다. 말을 잇는다. 그러나 입을 열지는 않는다.
입안에서 나는 설명을 너는 또다른 설명을 하려 한다.
구둣솔이 가치 있는 시대이다.
누구의 말에 진흙이 묻어 있는가

가봐야 할 것 같다고 너무 늦었다고 걱정 말라고
우리는 친절한 작별인사를 주고받고
우리 앞에 놓인 진흙덩어리를 바라보고 있다.
진흙을 옮겨달라고 말할 수 있을까

어디로 옮겨야 할지는 모르겠다. 너는 꼭 어른처럼 말한다. 이러다 죽을지도 모른다. 나는 말을 받는 법을 모른다. 상상을 할 줄 모른다. 우리는 우리를 어디로 옮겨야 할지 모른다. 다음으로 옮기는 법을 모른다. 나의 것도 너의 것도 아닌 인사는 어디서 오는 것일까

헤어지자고 말한다. 정적을 깨고
깨진 정적의 시대이다.
상상을 해야 한다. 그러나 상상이 우리를 가리지 않으므로

나는 편안하다.

나는 편안한 상상에 지나지 않는다.

가시

너의 소름은 아무도 모르는 가시가 된다.
너의 울혈은 가시가 된다.
너의 기억은

가시가 되어 여기저기 튀어나온다.
하지만 이런 볼품없는 것들
갑자기 나타나는 것들은
그냥 풀이 죽게 내버려두자

가시가 사방으로 퍼져간다.
가장 높은 곳에 있는 가시와
가장 낮은 곳에 있는 가시를 이어본다.
너는 자주 안정을 잃고
연필을 잡고 기울어진 원을 그려댄다.

이 가시투성이 손과 눈앞에 펼쳐진 번잡한 도시의 성립 사이로
너는 무엇을 보았나

금방 평온을 되찾게 될 것이다.
깨어나지 않는 한낮의 잠에 빠져들게 될 것이다.
완전히 다른 사람이 되는 잠이어서
다른 사람이 너를 바라보는 잠이어서

다른 사람을 부르는 게 나을 것이다.
네가 눈뜨고 있어도 가시는
항상 옳을지도 모르는 일이다.

너는 손에 박힌 가시를 주저 없이 내민다.
이제 이 쓸모없는 미사여구를 웃으며 보여준다.

네가 알지 못하는 곳에

네가 알지 못하는 곳에 너는 모습을 드러내고
네가 알지 못하는 사람들과 인사를 나눈다.
어떤 때는 인사를 나누는 사람들이 아주 많다.
돌아가면서 자기소개를 하고 잠시 후
새로운 사람이 도착하면 다시 돌아가면서 자기소개를 한다.
너는 네 이름을 공개적으로 밝힌다.

네가 알지 못하는 이런 곳에서는 시간이 좀 지나면
한 사람이 울음을 터뜨린다. 그러면 모두가 만족스럽다.
갑자기 모두가 친해진 것 같다.
약속을 꼭 지키겠다고 처음 보는 사람에게 말하면서
너는 그게 무슨 말인지 알지 못한다.
네가 알지 못하는 곳에

많은 사람들이 취해 있다.
취하는 것은 어렵지 않다. 취한 무리에 끼어들어
건배를 하는 것은 어렵지 않다.
어떤 때는 옆자리에서 조용히 해달라는 말을 듣기도 한다.
조용히 해도 다시 조용히 해달라는 말을 듣는다.

네가 알지 못하는 곳에 있는 너는 네가 알지 못하는 자리를 들락거린다.

곧 돌아오겠다 하고 몇몇 사람이 벌써 자리를 비운다.
빈자리가 늘어간다.
불현듯 네가 알지 못하는 그 울음소리
아까의 울음소리가 너를 찾아낸다.
그러면 너는 그것에게 다가가 괜찮다고
다음에 시간을 갖자고 이야기한다.
곧 괜찮아진다고

여행

시정잡배처럼 너는 꽃이 되었다. 너는 자꾸 모자라고 너는 자꾸 꽂혀 있다. 너는 잊어버리고 꽃이 되었다. 내장을 토해버려 꽃잎이 되었다. 경보음이 울리듯 꽃으로 피었다. 아무리 해도 아무리 해도 아무리 해도 적당한 날에 적당한 꽃이 되었다. 창가에 놓이고 문 앞에 놓이고 입구에 놓이는 꽃이 되었다.

신장개업 사은품으로 수건이 제공되고 있었다. 수건에는 천년의 도시 경주라는 금색 글자와 함께 최고의 맛집 로고가 그려져 있었다. 가게는 쉽게 찾을 수 있었다. 가게 앞에 일렬로 서 있는 사람들을 쉽게 발견할 수 있었다. 가게는 이 지역의 코스가 될 것이다. 다른 지역 사람들이 더 많이 올 것이다. 오늘은 많이 왔지만 다시는 오지 않아 지역사회를 위험에 빠뜨릴 것이다. 그들은 다른 곳으로 가서 계속 이 수건을 사용할 것이다.

너는 자꾸 모자라고 너는 자꾸 꽃으로 꽂혀 있다. 꽃을 준비한 것은 좋은 생각이 아니었는지도 모른다. 꽃 속에서 꽃을 피우고 꽃 밖에서 꽃을 덮었다. 꽃을 뒤집어쓴 관이 지역사회를 가로질러갔다. 데려가다오, 지상을 떠나는 불편한 꽃들이여. 너의 꽃들을 치워다오, 관을 잡고 슬퍼할 필요는 처음부터 없는 것이었는지도 모른다.

이력서

나는 찾고 있다. 무얼 찾느라 지친다. 무얼 찾는지 잊어버리고 찾아다니고, 찾으면 찾은 것을 설명할 수 없고, 다시 설명할 수 없는 무슨무슨 이유를 찾는 데 지친다. 찾기 싫은데 다시 한번 찾아보라는 말에 지친다. 진정하는 법을 찾는다. 망가진 장난감을 쥐고 있으면 진정이 된다. 그럼 찾은 건가

오늘은 의사를 찾는다. 서 있어도 아프고 가만히 있어도 아프고 잠이 들어도 아픕니다, 이쪽 팔도 아프고 그쪽 팔도 아파요, 누울 수가 없어요, 나는 이런 일을 설명하는 데 이골이 나서 갑자기 과거를 과거의 습관을 원망하고 쓸데없이 정부를 원망하고 탓하고 정부가 있는 것을 싫어하고 의사에게 병을 찾아달라고 한다. 그러면 다시 아무렇지도 않다.

나는 날마다 내게 같은 이름을 붙여준다. 내가 사는 집의 번지수, 내가 사는 동네, 우편번호를 확인한 이력서를 쓴다. 나는 이십 년 넘게 K시에서 살고 있고 나는 직업을 찾고 있다. 이 직업 저 직업을 전전하고 있다. 좋은 직업을 갖고 싶은지, 직업들 사이를 떠돌고 싶은지, 영구히 직업을 찾지 못할 것인지 알지 못한다. 나는 잊어버리고 있다가 이력서를 낸다. 주머니에 장난감이 들어 있다. 망가진 장난감이 들어 있으므로 다시 아무렇지도 않다.

뒷모습

다시 여름이 돌아온 거지, 아무 일도 일어나지 않았다. 괴로워하던 날도 지나가고, 원하던 것이 무엇인지도 알지 못하게 되고, 그는 무슨 일이 일어났는지 솔직하게 털어놓으라 했는데 그냥 차를 마시겠다고 했다. 37.4도의 한낮이 37.4도로의 체온 상승을 일으킨 가벼운 미열일 뿐이었다. 카페에는 주문하려고 대기한 줄이 길어지고 우리는 말문이 막히면 화제를 바꾸고 싶어했다. 줄행랑을 치는 게 어때, 짐 가방을 팽개치고 이 친구들에게서 빠져나가는 게 어때, 여름에는 똑같은 주문들이 이어진단 말이야

계속 서 있다보니 평소대로 떠들어댔다. 우리는 시간 개념이 없었다. 질서 개념이 없었다. 우리 자신에 대한 생각이 없었다. 우리는 새로 지은 카페 안에서 소리지르고 어리석고 슬프게도 젊은 것 같았다. 우리 앞에 서 있는 자들은 무엇을 주문할지 열띤 토론을 하고 있었다. 의논하고 의논하고 의논하고 아무 일도 일어나지 않았다. 아무도 줄행랑을 치지 않았다. 그러나 상관없었다. 아무도 모르게 한순간 앞줄이 무너져도 좋았다. 앞줄은 저절로 무너지는 운동을 시작해도 좋았다. 처음 보는 운동을 지금부터 계속해도 좋았다.

어떤 관습

세발자전거를 탄 아이가 지나간다.
모자를 빙빙 돌리며 아이가 걸어간다.
아이들은 도무지 누구를 만나려는 것 같지가 않다.
그냥 몸이 나아간다.
아이들 뒤로 인도를 따라
낡고 검은 옷을 입은 인부들이 무리를 지어 앉아 있다.

어디서 왔는지 알 수 없는 사람들이다.
검은 옷이 인도에 가득 펴져 있다.
얼굴이 잘 보이지도 않는다.
그들은 아주 잠깐 앉았다가
무슨 부름에라도 응하듯 한꺼번에 일어난다.
그것은 결정이 아니다. 결정을 내리는 것이 아니라
바람처럼 파도처럼 일었다가 사라지는 것이다. 그리고 잠시 뒤면

언제 그랬냐는 듯이 인부들은 다시 나타난다.
나타나 지금처럼 인도에 가득 주저앉아버린다.
그들이 잠시라도 인도를 가득 덮도록
인도를 그냥 여기 두어야 한다.
굴러다니는 사과 박스 같은 것도 그대로 두어야 한다.

하루치의 과일을 모두 판 리어카 장수가 지나간다.
깜빡 잊어버리고 그는 이 길로 다시 지나간다.

초상

누구 탓도 안 했다.

누구의 초상화인지 하나씩 가리키며 물어보았다.

누가 이 벽에 나란히 걸어놓았는지 물어보았다.

나 자신에게 물어보았다.

별로 보고 싶지 않다고 말했다. 허공에서 떠다니는 얼굴들

늘어나는 형상들이 모두 한꺼번에

삶을 파괴하는 말을 하려는 듯 보였기에

그 말들이 마치 여기저기서 셔터를 내리는 소리 같았기에

문학동네포에지 003

새로운 오독이 거리를 메웠다

초판 1쇄 발행 2020년 11월 22일
초판 3쇄 발행 2023년 12월 22일

지은이—이수명
책임편집—김민정
편집—유성원 김필균 김동휘 송원경
디자인—이기준
저작권—박지영 형소진 최은진 서연주 오서영
마케팅—정민호 박치우 한민아 이민경 박진희 정경주 정유선 김수인
브랜딩—함유지 함근아 고보미 박민재 김희숙 박다솔 조다현 정승민 배진성
제작—강신은 김동욱 이순호
제작처—영신사

펴낸곳—(주)문학동네
펴낸이—김소영
출판등록—1993년 10월 22일 제2003-000045호
주소—10881 경기도 파주시 회동길 210
전자우편—editor@munhak.com
대표전화—031-955-8888 / 팩스—031-955-8855
문의전화—031-955-2689(마케팅), 031-955-8875(편집)
문학동네카페—cafe.naver.com/mhdn
인스타그램—@munhakdongne / 트위터—@munhakdongne
북클럽문학동네—bookclubmunhak.com

ISBN 978-89-546-7047-0 03810

www.munhak.com

문학동네